N.° 6

ra partie de longchamps.

7 juin 1786.

+ 5B
A 1

LA PARTIE

DE

LONGCHAMPS.

SIXIÈME JOURNÉE.

PERSONNAGES.

M. DE SAINT-YARD.

Mme. DE SAINT-YARD.

Mme. DE GUERVILLE.

L'ABBÉ DORMANT.

LE CHEVALIER DE LANVAL.

LA COMTESSE DE VILLEPART.

LA BARONNE DE LORBECK.

LE PRÉSIDENT D'ORMENTRÉ.

LEBLANC, Valet-de-Chambre de Mme. DE SAINT-YARD.

La Scène est chez Madame de Saint-Yard.

LA PARTIE
DE LONGCHAMPS.
SIXIÈME JOURNÉE.

SCÈNE PREMIÈRE.

M. DE SAINT-YARD, Mme, DE SAINT-YARD.

M. DE SAINT-YARD,

Je vous affure, Madame, que vous aurez aujourd'hui le plus vilain tems du monde, & en même-tems le plus mal-fain.

Mad. DE SAINT-YARD.

Cela ne me fait rien du tout.

M. DE SAINT-YARD.

Vous avez tort. Je vous foutiens que lorfqu'on

prend du lait, parce qu'on a mal à la poitrine ;
il ne faut pas s'expofer à l'humidité.....

Mad. DE SAINT-YARD.

Je ne vois pas pourquoi vous voulez toujours
que j'aye mal à la poitrine ?

M. DE SAINT-YARD.

Je ne fais que ce que le Docteur m'a dit.

Mad. DE SAINT-YARD.

Il vous dit ce que vous voulez ; parce qu'il fait
que c'eft votre fantaifie.

M. DE SAINT-YARD.

Mais ce lait qu'il vous ordonne ?

Mad. DE SAINT-YARD.

C'eft pour fortifier mon eftomach.

M. DE SAINT-YARD.

Quoi ! lorfque vous touffez auffi long-tems.....

Mad. DE SAINT-YARD.

Cela vient de mes mauvaifes digeftions ; ainfi
vous voyez bien que l'humidité n'y peut rien faire.

M. DE SAINT-YARD.

Quel agrément vous promettez-vous de vous promener par la pluie, que comptez-vous voir de curieux à Longchamps par un tems pareil ?

Mad. DE SAINT-YARD.

J'y verrai beaucoup de monde de connoissance, en un mot, tout Paris qui y sera, & ce seroit me contrarier beaucoup, que de vouloir m'empêcher d'y aller.

M. DE SAINT-YARD.

Je n'en ai point d'envie du tout; je vous parle seulement raison.

Mad. DE SAINT-YARD.

D'ailleurs, ce n'est pas avec vos chevaux que j'y vais.

M. DE SAINT-YARD.

Je le crois; vous ne les trouvez pas assez beaux, & j'en suis fort aise.

Mad. DE SAINT-YARD.

Vous êtes fort aise qu'ils ne soient pas plus beaux; cela vous fait beaucoup d'honneur.

M. DE SAINT-YARD.

Ils sont bons; voilà l'essentiel : vous sortez avec

D d 3

tant que vous le voulez, & je ne vous reproche ni toutes vos courfes, ni le tems qu'ils attendent aux Spectacles; je crois que vous devez être contente.

Mad. DE SAINT-YARD.

Mais, Madame de Rivaldière a des chevaux qui font la même chofe que les miens.

M. DE SAINT-YARD.

Et combien dureront-ils ?

Mad. DE SAINT-YARD.

Ce n'eft pas l'affaire des femmes, de s'occuper de cela.

M. DE SAINT-YARD.

C'eft donc celle des maris.

Mad. DE SAINT-YARD.

Ah! je vous prie, Monfieur, n'en parlons pas d'avantage, car cela m'excède.

M. DE SAINT-YARD.

Comme vous le voudrez.

SCÈNE II.

Mᵐᵉ. DE GUERVILLE, M. DE SAINT-YARD,
Mᵐᵉ. DE SAINT-YARD, LEBLANC.

LEBLANC.

Madame de Guerville.

Mad. DE SAINT-YARD.

Quoi, Madame, vous n'êtes pas encore partie
pour Longchamps ?

Mad. DE GUERVILLE.

Non, Madame ; je comptois fur Madame de
Villerare ; vous ne favez pas ce qui lui arrive ?

Mad. DE SAINT-YARD.

Quoi donc ?

Mad. DE GUERVILLE.

Sa mère eft tombée malade hier au foir, & aujourd'hui cela eft très-férieux, elle ne peut pas la
quitter.

D d 4

Mad. DE SAINT-YARD.

Je la plains beaucoup; c'est éprouver une grande
contrariété !

Mad. DE GUERVILLE.

Cela est affreux! sur-tout pour elle, qui n'a encore jamais été à Longchamps depuis qu'elle est
mariée.

M. DE SAINT-YARD.

Il n'y fera pas beau aujourd'hui.

Mad. DE GUERVILLE.

Et, qui vous fait donc croire cela, Monsieur
de Saint-Yard ?

Mad. DE SAINT-YARD.

Le tems qu'il fait : est-ce qu'il ne pleut pas à verse ?

Mad. DE GUERVILLE.

Bon! ce ne fera rien. Ah! ça, mon cœur, je
venois vous proposer d'y venir avec nous.

Mad. DE SAINT-YARD.

Monsieur trouve que je ferai très-mal d'y aller.

Mad. DE GUERVILLE.

Ah ! c'eſt barbare à vous, Monſieur de Saint-Yard : vous n'êtes pas contrariant ordinairement.

M. DE SAINT-YARD.

Ce n'eſt qu'une réflexion que je voulois lui faire faire.

Mad. DE SAINT-YARD.

Cela ne m'empêchera pas d'y aller.

Mad. DE GUERVILLE.

Eh bien, ne perdons pas de tems ; allons, partons.

Mad. DE SAINT-YARD.

J'y vais avec Madame de la Maltiere.

Mad. DE GUERVILLE.

Ah ! vous avez raiſon, ſon attelage eſt plus beau que le mien.

Mad. DE SAINT-YARD.

Ce n'eſt pas cela ; c'eſt que notre partie eſt faite depuis long-tems.

Mad. DE GUERVILLE.

Je vous dis, vous avez raifon ; il faut toujours aller avec les perfonnes que l'on aime le mieux.

Mad. DE SAINT-YARD.

En vérité, cela eft bien mal à vous, de me dire de pareilles chofes !

Mad. DE GUERVILLE.

Allons, mon cœur, ne vous fâchez pas.

Mad. DE SAINT-YARD.

Viendrez-vous demain paffer la foirée avec nous ?

Mad. DE GUERVILLE.

Sûrement ; je ne demande pas mieux.

Mad. DE SAINT-YARD.

C'eft à cette condition que je vous pardonne.

Mad. DE GUERVILLE.

Vous êtes charmante ! Monfieur de Saint-Yard, vous ne voudriez pas venir avec nous ?

M. DE SAINT-YARD.

Je vous demande pardon, Madame, j'irai très-volontiers.

Mad. DE SAINT-YARD.

Mais, Monſieur, vous allez vous enrhumer.

M. DE SAINT-YARD.

Je n'ai rien à craindre, moi.

Mad. DE SAINT-YARD.

En vérité, vous n'avez pas aſſez de ſoins de votre ſanté.

Mad. DE GUERVILLE.

Vous n'êtes pas malade, Monſieur de Saint-Yard ?

M. DE SAINT-YARD.

Non, vraiment.

Mad. DE GUERVILLE.

Qu'eſt-ce que c'eſt donc qu'elle dit ?

M. DE SAINT-YARD.

Elle ſe moque de moi ; mais nous verrons ce ſoir, comme elle ſe trouvera de ſon imprudence.

Mad. DE GUERVILLE.

Adieu, mon cœur.

Mad. DE SAINT-YARD.

Adieu, adieu, à demain. Monfieur de Saint-Yard, envoyez-moi Leblanc.

M. DE SAINT-YARD.

Oui, oui.

SCÈNE III.

Mᵐᵉ. DE SAINT-YARD, L'ABBÉ, LEBLANC.

Mad. DE SAINT-YARD.

MADAME de la Maltiere ne vient pas; envoyez chez elle, favoir fi elle m'attend.

LEBLANC.

Oui, Madame. Monfieur l'Abbé Dormant.

Mad. DE SAINT-YARD.

Ah! l'Abbé, je meurs de peur que vous ne veniez pour dîner avec moi.

L'ABBÉ.

Non, non, Madame.

Mad. DE SAINT-YARD.

C'eft que je vais à Longchamps, & que j'ai dîné de bonne-heure, pour être plutôt prête.

L'ABBÉ.

Moi, ces jours-ci, j'ai coutume de dîner chez moi.

Mad. DE SAINT-YARD.

Pourquoi cela ?

L'ABBÉ.

C'eft que je ne prends pas mon chocolat, & que je fuis obligé de dîner à midi.

Mad. DE SAINT-YARD.

Je vous croyois, dans ce tems-ci, à votre Abbaye ?

L'ABBÉ.

Ordinairement, je laiffe toujours paffer cette quinzaine.

Mad. DE SAINT-YARD.

Oui ?

L'ABBÉ.

Sans doute, à caufe de toutes les cérémonies, qui feroient un peu trop fatiguantes pour moi.

Mad. DE SAINT-YARD.

Vous avez raifon, ici vous ne faites que ce que vous voulez.

L'ABBÉ.

C'eft cela, & avec ma fanté.....

Mad. DE SAINT-YARD.

Elle n'eft pas trop mauvaife, cette année.

L'ABBÉ.

Parce que j'en prends foin; mais le moindre excès ou la moindre fatigue la dérangeroit.

Mad. DE SAINT-YARD.

Vous jouez cependant affez tard.

L'ABBÉ.

Quand on eft affis, cela ne fait rien; pour le fommeil, on le répare en ne fe levant pas le lendemain de bonne-heure : & puis moi, ce n'eft pas par goût, tout ce que je fais.

Mad. DE SAINT-YARD.

Non ?

L'ABBÉ.

Ce n'eft que par complaifance.

Mad. DE SAINT-YARD.

Madame de Mirvan doit vous fatiguer beaucoup?

L'ABBÉ.

Non, non.

Mad. DE SAINT-YARD.

Elle eſt extrêmement capricieuſe.

L'ABBÉ.

Pas avec moi; il eſt vrai qu'elle m'a de grandes obligations.

Mad. DE SAINT-YARD.

Vous ne m'avez jamais dit cela.

L'ABBÉ.

Eſt-ce qu'elle n'a pas été toute prête à ſe rendre aux empreſſemens du Chevalier de Lanval, ainſi qu'aux attaques du Marquis de Perancourt.

Mad. DE SAINT-YARD.

Oui?

L'ABBÉ.

Vous ſavez ce que ſont ces deux hommes-là?

Mad. DE SAINT-YARD.

Je fais qu'ils font charmans !

L'ABBÉ.

Charmans, tant que vous voudrez ; mais vous conviendrez bien que c'étoit cruellement s'afficher.

Mad. DE SAINT-YARD.

Il faut que vous ayez bien du pouvoir fur elle, pour l'y avoir fait renoncer !

L'ABBÉ.

Non ; mais je lui ai dit, fi vous avez de l'amitié pour moi, fi vous faites quelque cas de la mienne, vous aurez un jour du regret de m'avoir perdu.

Mad. DE SAINT-YARD.

Vous ne l'auriez plus revue ?

L'ABBÉ.

Non, j'y étois très-déterminé ; je fuis fort ami de fon mari, & il ne m'auroit pas convenu d'être en fociété avec ces Meffieurs-là.

Mad. DE SAINT-YARD.

Je la trouve d'une grande douceur, & je ne conçois pas comment vous avez pû la perfuader.

L'ABBÉ.

L'ABBÉ.

En lui parlant raifon; elle entend très-bien tout ce qu'on lui dit.

Mad. DE SAINT-YARD.

Je lui croyois plus d'efprit que cela.

L'ABBÉ.

Elle en a infiniment.

Mad. DE SAINT-YARD.

Elle n'a donc pas de caractère?

L'ABBÉ.

Qu'appellez-vous du caractère?

Mad. DE SAINT-YARD.

Je veux dire qu'elle n'a pas de volonté décidée.

L'ABBÉ.

Je vous demande bien pardon.

Mad. DE SAINT-YARD.

Et comment me le prouverez-vous?

E e

L'ABBÉ.

En vous difant qu'elle me fait faire tout ce qu'elle veut.

Mad. DE SAINT-YARD.

C'eft-à-dire, que vous lui prêtez autant d'argent qu'elle en defire.

L'ABBÉ.

Oui, mais elle me le rend exactement.

Mad. DE SAINT-YARD.

Je ne crois pas cela, & je vous réponds qu'à la place de fon mari, je ferois jaloux de vous.

L'ABBÉ.

Il a bien d'autres affaires.

Mad. DE SAINT-YARD.

Ah! je le fais.

L'ABBÉ.

Il vouloit pourtant la faire aller à Longchamps aujourd'hui.

Mad. DE SAINT-YARD.

Eh bien?

L'ABBÉ.

Je l'en ai empêchée.

Mad. DE SAINT-YARD.

Pourquoi donc cela ?

L'ABBÉ.

Parce qu'elle est très-enrhumée.

Mad. DE SAINT-YARD.

Mais vous êtes donc, pour elle, une espèce de mari ; ah ! que je n'aimerois pas cela !

L'ABBÉ.

Je ne la contrains pas.

Mad. DE SAINT-YARD.

Je parie que vous en êtes jaloux.

L'ABBÉ.

Voila une bien mauvaise plaisanterie, que vous me faites-là.

Mad. DE SAINT-YARD.

Sonnez, je vous prie, l'Abbé. Je ne conçois pas pourquoi je n'ai pas de réponse de Madame de la Maltière. Eh bien, Leblanc ?

LEBLANC.

Madame, Poitevin n'est pas encore revenu.

Mad. DE SAINT-YARD.

Envoyez-y Lafrance.

L'ABBÉ.

Il se fait. déjà tard.

LEBLANC.

Monsieur le Chevalier de Lanval.

L'ABBÉ.

Je vais m'en aller.

Mad. DE SAINT-YARD.

Il croira que vous le craignez.

L'ABBÉ.

Mais, Madame . . . . .

Mad. DE SAINT-YARD.

Je veux absolument que vous restiez.

SCÈNE IV.

Mme. DE SAINT-YARD, LE CHEVALIER, L'ABBÉ.

Mad. DE SAINT-YARD.

ET par quelle aventure, Monſieur le Chevalier, un jour comme aujourd'hui !

LE CHEVALIER.

Tous les jours ſont égaux, Madame, quand il eſt queſtion de venir vous chercher ; mais je ſuis plus heureux que je ne le croyois, je n'eſpérois pas de vous trouver.

Mad. DE SAINT-YARD.

Je ne devrois pas être encore chez moi.

LE CHEVALIER.

Ah ! Monſieur l'Abbé Dormant eſt ici, je parie que c'eſt lui qui vous y retient ; car il a le talent de faire des femmes tout ce qu'il veut.

Mad. DE SAINT-YARD.

Non, je vous jure que ce n'eſt pas lui.

LE CHEVALIER.

Je ſais pourtant qu'il n'aime pas que les femmes aillent à Longchamps.

Mad. DE SAINT-YARD.

Vous le croyez ?

LE CHEVALIER.

J'en ſuis ſûr, & vous allez me prouver tout-à-l'heure ſi j'ai tort de le croire.

Mad. DE SAINT-YARD.

Moi ?

LE CHEVALIER.

Oui, vous.

Mad. DE SAINT-YARD.
Et comment cela ?

LE CHEVALIER.

Le voici : Madame de Cleranfort devoit aller à Longchamps aujourd'hui, avec Madame de Mirvan.

Mad. DE SAINT-YARD.

Madame de Mirvan !

LE CHEVALIER.

Cela vous étonne, Madame de Mirvan : mais
cela eſt vrai. A peine les ſix chevaux de Madame
de Cleranfort, qui ſont ſuperbes, ſont enrubann-
és & attelés, & du meilleur goût ! qu'on vient
lui dire que ſa fille, qui eſt au Couvent, a la petite
vérole ; par conſéquent impoſſible d'aller à Longchamps ; mais elle a l'honnêteté d'envoyer ſa voiture à Madame de Mirvan.

Mad. DE SAINT-YARD.

Qui n'a point de femme pour aller avec elle ?

LE CHEVALIER.

Non, elle n'a que le Marquis de Perancourt &
moi.

Mad. DE SAINT-YARD.

Je ſuis déſeſpérée d'être engagée.

LE CHEVALIER.

Quoi, réellement vous l'êtes ?

Ee 4

Mad. DE SAINT-YARD.

C'eſt une partie arrangée du commencement du Carême, avec Madame de la Maltière.

LE CHEVALIER.

Ses chevaux ſont encore plus beaux que ceux de Mame de Cleranfort.

Mad. DE SAINT-YARD.

Vrai ?

LE CHEVALIER.

J'en ſuis ſûr. Madame de Mirvan va être déſeſpérée.

Mad. DE SAINT-YARD.

Mais, vous avez une reſſource, ſi vous ne pouvez pas trouver de femme.

LE CHEVALIER.

Laquelle donc ?

Mad. DE SAINT-YARD.

Prenez l'Abbé Dormant.

L'ABBÉ.

Moi ?

LE CHEVALIER.

Vous avez raifon ; c'eft le plus grand ami du mari & de la femme, on trouvera cela tout fimple.

Mad. DE SAINT-YARD.

Allons, l'Abbé, allez donc.

L'ABBÉ.

Je ne penfe pas que je m'en avife.

LE CHEVALIER.

Pourquoi donc ? Vous aimez Madame de Mir-van, vous pouvez bien lui rendre ce fervice-là.

L'ABBÉ.

Je ne crois pas que cela en foit un au contraire.

Mad. DE SAINT-YARD.

En vérité, je fuis au défefpoir de ne pas pouvoir aller avec elle.

LE CHEVALIER.

Il faudra donc renvoyer les chevaux : je n'oferai jamais lui dire le mauvais fuccès de ma négociation.

Mad. DE SAINT-YARD.

Eh bien, Leblanc, point de nouvelles encore?

LEBLANC.

Non, Madame.

Mad. DE SAINT-YARD.

Envoyez-y Joseph.

LEBLANC.

Tout à l'heure.

SCÈNE V.

LA COMTESSE, MME. DE SAINT-YARD,
LE CHEVALIER, L'ABBÉ, LEBLANC.

LEBLANC.

MADAME la Comtesse de Villepart.

Mad. DE SAINT-YARD.

Attendez un moment, Chevalier.

LE CHEVALIER.

Que voulez-vous faire?

Mad. DE SAINT-YARD.

Vous allez voir. L'Abbé, reſtez.

LA COMTESSE.

Vous devez être étonnée de me voir, Madame, un jour comme aujourd'hui ; mais il m'a paſſé par la tête que je vous trouverois chez vous.

Mad. DE SAINT-YARD.

Et vous avez bien deviné.

LA COMTESSE.

Et comment avez-vous le Chevalier ici ?

Mad. DE SAINT-YARD.

Il n'y ſera pas encore long-tems.

LE CHEVALIER.

Non ; car j'allois ſortir quand on vous a annoncé.

Mad. DE SAINT-YARD.

Comment n'êtes-vous pas à Longchamps aujourd'hui, Madame ?

LA COMTESSE.

Je ne ſais, je me ſuis mal arrangée ; j'ai cru

qu'il feroit trop vilain, & voilà que le tems s'éclair-
cit à préfent; cela me fâche, car je viens d'aprendre
qn'il y aura des attelages fuperbes.

LE CHEVALIER.

Oui; car on ne parle plus des voitures actuelle-
ment, fi elles ne font à l'angloife.

Mad. DE SAINT-YARD.

Et avez-vous bien du regret de n'y être pas
allée.

LA COMTESSE.

Sûrement; car je venois vous propofer de nous
bien encapuchonner, & d'y aller tout fimplement
avec nos chevaux.

Mad. DE SAINT-YARD.

Je ferois volontiers cette partie; mais je fuis
engagée, & l'on va venir me prendre à l'inftant.

LE CHEVALIER.

Madame de Saint-Yard, Madame la Comteffe
connoît-elle Madame de Mirvan?

LA COMTESSE.

Comment, fi je la connois? Beaucoup, & je
l'aime fort.

LE CHEVALIER.

Eh bien, Madame, voilà une belle occafion d'aller à Longchamps.

Mad. DE SAINT-YARD.

Et que je vous confeille d'accepter, vous ne pouvez pas mieux faire.

LA COMTESSE.

Je ne vous comprends pas.

Mad. DE SAINT-YARD.

Je vais vous expliquer cela. Madame de Cleranfort devoit mener à Longchamps Madame de Mirvan, & ne pouvant pas y aller avec elle, elle lui a donné fes chevaux, & Madame de Mirvan ne peut pas y aller feule avec le Chevalier & le Marquis de Perancourt.

LA COMTESSE.

Ceci mérite réflexions, & je vais aller voir fi elle voudra bien de moi.

Mad. DE SAINT-YARD.

Vous n'en devez pas douter.

LE CHEVALIER.

Moi, Madame, je vais vous fuivre.

LA COMTESSE.

Adieu, Madame, je vous reverrai bientôt.

Mad. DE SAINT-YARD.

Allons, partez tous les deux, & ne perdez pas
de tems.

LA COMTESSE.

Puifque vous allez venir, j'efpère avoir le plaifir de vous rencontrer.

Mad. DE SAINT-YARD.

Sùrement.

LA COMTESSE.

A propos, Madame, n'oubliez pas Lundi.

Mad DE SAINT-YARD.

Non, non.

SCÈNE VI.

Mᵐᵉ. DE SAINT-YARD, L'ABBÉ, LEBLANC.

Mad. DE SAINT-YARD.

Eh bien, Leblanc ?

LEBLANC.

Lafrance eſt revenu. Il a été chez Madame de la Maltiere, on lui a dit qu'elle étoit chez Madame ſa ſœur, qui demeure au Marais; il y eſt allé, & il n'a jamais pu trouver ſa Maiſon.

Mad. DE SAINT-YARD.

Voilà une commiſſion bien faite! renvoyez-le encore chez elle, peut-être qu'elle ſera rentrée; car il eſt déjà tard.

LEBLANC.

Je vais l'y envoyer.

Mad. DE SAINT-YARD.

Eh bien, l'Abbé, attendez donc.

L'ABBÉ.

Vous m'avez déjà fait refter, pour être témoin d'un arrangement fort agréable & bien imaginé.

Mad. DE SAINT-YARD.

Que voulez-vous? Cette pauvre petite Madame de Mirvan me faifoit une pitié horrible!

L'ABBÉ.

Pitié!

Mad. DE SAINT-YARD.

Sans doute. Comment, vous qui l'aimez, vous ne trouvez pas bien douloureux pour elle d'avoir comme cela de beaux chevaux tout prêts à partir, & de n'en pouvoir pas profiter.

L'ABBÉ.

Vous voulez auffi qu'elle profite du defir qu'ont ces Meffieurs de fe lier avec elle.

Mad. DE SAINT-YARD.

C'étoit, fans doute, Madame de Cleranfort qui les menoient?

L'ABBÉ.

L'ABBÉ.

Ce qui pouvoit lui arriver de plus heureux, à Madame de Mirvan, c'étoit que l'occasion de faire connoiffance avec eux fut manquée.

Mad. DE SAINT-YARD.

Tôt ou tard, elle les auroit trouvés dans le monde.

L'ABBÉ.

Et vous croyez que j'avois mal fait de lui confeiller de les éviter ?

Mad. DE SAINT-YARD.

Je crois ce confeil inutile.

L'ABBÉ.

Inutile ?

Mad. DE SAINT-YARD.

Oui ; parce que s'ils peuvent lui plaire, il fera bientôt oublié.

L'ABBÉ.

Madame, je vous fouhaite le bon jour.

Mad. DE SAINT-YARD.

Sommes-nous brouillés, l'Abbé ?

L'Abbé.

Convenez, Madame, que vous avez cru me faire un mauvais tour.

Mad. DE SAINT-YARD.

Je vous réponds que si j'étois dans le même cas, que Madame de Mirvan, que Madame de la Maltiere me manquât de parole & ne pût pas me mener, j'en ferois inconsolable.

L'Abbé.

Allons, je ne saurois le croire.

Mad. DE SAINT-YARD.

L'Abbé, prenez bien garde à vous.

L'Abbé.

À propos de quoi ?

Mad. DE SAINT-YARD.

De ce que je vous ai dit.

L'Abbé.

Je ne m'en souviens pas.

Mad. DE SAINT-YARD.

Que vous étiez jaloux. Vous ne répondez rien ?

L'ABBÉ.

Non.

SCÈNE VII.

Mᵐᵉ. DE SAINT-YARD, LEBLANC,
LA BARONNE.

LEBLANC.

MADAME la Baronne de Lorbeck.

Mad. DE SAINT-YARD.

Allons, allons.

LA BARONNE.

Ne vous preffez pas tant.

Mad. DE SAINT-YARD.

Pourquoi donc êtes-vous montée ?

LA BARONNE.

Il le falloit bien.

Mad. DE SAINT-YARD.

Nous n'avons pas de tems à perdre.

LA BARONNE.

Pourquoi faire ?

Mad. DE SAINT-YARD.

Est-ce que Madame de la Maltiere n'est pas là-bas ?

LA BARONNE.

Non, vraiment.

Mad. DE SAINT-YARD.

Comment donc ?

LA BARONNE.

Vous ne savez pas ce qui lui est arrivé?

Mad. DE SAINT-YARD.

Pas un mot.

LA BARONNE.

Comme nous partions pour venir ici, on est venu lui dire que sa sœur la demandoit, qu'elle alloit accoucher.

Mad. DE SAINT-YARD.

Cela eſt incroyable ! quoi tout d'un coup, comme cela ?

LA BARONNE.

Oui, nous y avons couru, croyant que ce ne ſeroit que pour dans la nuit, & l'Accoucheur a aſſuré que ce ſeroit plutôt, qu'il ne quitteroit pas, & depuis deux heures nous avons toujours attendu le moment.

Mad. DE SAINT-YARD.

Elle n'eſt donc pas accouchée ?

LA BARONNE.

Non, & elle retient ſa ſœur.

Mad. DE SAINT-YARD.

Cela eſt tout ſimple.

LA BARONNE.

Quand Monſieur de la Maltiere a vu cela, il a fait dételer les chevaux, & moi, je me ſuis chargée de venir vous inſtruire de ce fâcheux contre-tems.

Mad. DE SAINT-YARD.

Si je l'avois su plutôt, j'ai eu deux occasions
dont j'aurois pu profiter.

LA BARONNE.

C'eſt que nous avons toujours cru que cela ne
ſe retarderoit pas aſſez, pour nous donner le tems
qu'il nous falloit.

Mad. DE SAINT-YARD.

Eh ! vraiment oui, je conçois cela : ah ! mon
dieu, que je ſuis fâchée !

LA BARONNE.

Nous le ſommes autant que vous. Si vous aviez
vu les chevaux, comme tout cela avoit bon air ;
vos regrets ſeroient encore bien plus vifs.

Mad. DE SAINT-YARD.

Je ne le crois que trop ! ah ! ne m'en parlez pas !

LA BARONNE.

Nous n'avons plus de reſſources.

Mad. DE SAINT-YARD.

Que ferons-nous donc ?

LA BARONNE.

Si j'avois de meilleurs chevaux, je vous propo-
ferois bien d'y aller ; mais ils nous laifferoient
fûrement en chemin.

Mad. DE SAINT-YARD.

Il ne faut pas nous expofer à effuyer une avanie
pareille.

LA BARONNE.

Non, fans doute.

Mad. DE SAINT-YARD.

Cela feroit une bonne hiftoire, pour ceux qui
favent l'attelage brillant que nous devions avoir.

LA BARONNE.

Quel parti prendre ?

Mad. DE SAINT-YARD.

Mes chevaux font bons, j'en ai quatre, j'ai envie
de les faire mettre, & nous irions fans livrée.

LA BARONNE.

A la bonne heure ; mais il ne faut pas perdre
de tems.

Ff 4

Mad. DE SAINT-YARD.

Je m'en vais le faire dire.

LA BARONNE.

Je vais fonner. (*Elle fonne.*)

Mad. DE SAINT-YARD.

On ne faura pas qui nous feront, & comme cela, au moins, nous ne refterons pas ici.

LEBLANC.

Madame n'a-t'elle pas fonné ?

Mad. DE SAINT-YARD.

Oui ; dites au Cocher de mettre les quatre chevaux, & de fe dépêcher.

LEBLANC.

Il faut favoir s'il fera ici.

M. DE SAINT-YARD.

Pourquoi n'y feroit-il pas ?

LEBLANC.

Comme il favoit qu'il ne mèneroit pas Madame, il pourra bien être forti,

Mad. DE SAINT-YARD.

Il n'eſt pas poſſible !

LEBLANC.

Pardonnez-moi, Madame ; je me ſouviens, à préſent, que le Poſtillon & lui ſont allés à Ténèbres.

Mad. DE SAINT-YARD.

A Ténèbres ! où cela ?

LEBLANC.

Ils ne l'ont pas dit.

Mad. DE SAINT-YARD.

Tout me contrarie aujourd'hui !

LA BARONNE.

Si Monſieur de la Maltiere avoit voulu nous prêter ſes chevaux......

Mad. DE SAINT-YARD.

Voilà, par exemple, ce qu'a fait Madame de Cléranfort, elle les a donnés à Madame de Mirvan, qu'elle ne pouvoit pas mener.

LA BARONNE.

C'eſt qu'elle n'a pas de mari, elle.

Mad. DE SAINT-YARD.

Auſſi elle fait ce qu'elle veut.

LA BARONNE.

Oui, mais elle eſt riche; ſans cela, que ſert d'être veuve ?

Mad. DE SAINT-YARD.

Vous n'en tirez pas grand avantage, vous, Madame la Baronne.

LA BARONNE.

Eh ! mondieu non !

Mad. DE SAINT-YARD.

Ah ! çà, que ferons-nous donc ?

LA BARONNE.

Madame, on m'a dit que le Concert aujour-d'hui ſera excellent, qu'on y chantera beaucoup d'italien.

Mad. DE SAINT-YARD.

Eh bien, il faut y aller.

LA BARONNE.

Nous ferons comme ceux qui y reviendront de Longchamps.

Mad. DE SAINT-YARD.

Et ce fera finir la journée comme tout le monde.

LA BARONNE.

Vous avez raifon ; c'eft imaginé à merveille !

Mad. DE SAINT-YARD.

Je vais envoyer louer une Loge.

LA BARONNE.

Laiffez-moi donc fonner. (*Elle fonne.*)

Mad. DE SAINT-YARD.

Leblanc, allez vous-en tout-à-l'heure au Concert.

LEBLANC.

Où cela, Madame ?

M. DE SAINT-YARD.

Aux Tuileries.

LEBLANC.

Ah ! je fais.

Mad. DE SAINT-YARD.

Et vous louerez une Loge à quatre places ; ne perdez pas un inftant.

LEBLANC.

Monfieur le Préfident d'Ormentré.

SCÈNE VIII.

LA BARONNE, MME. DE SAINT-YARD, LE PRÉSIDENT.

Mad. DE SAINT-YARD.

EH ! par quel hafard, aujourd'hui, Préfident ?

LE PRÉSIDENT.

Ma foi, c'eft bien un hafard, comme vous le dites. J'ai refufé d'aller à Longchamps, à caufe du mauvais tems, & vous êtes la douzième porte à laquelle j'ai frappé, je n'ai trouvé perfonne ailleurs.

Mad. DE SAINT-YARD.

Je le crois bien.

LE PRÉSIDENT.

Je vous trouve fort fenfées, Mefdames.

LA BARONNE.

Sur quoi donc ?

LE PRÉSIDENT.

Sur ce que vous n'êtes pas allées à Longchamps; ce tems-ci eft trop mal fain, & le plaifir qu'on y peut avoir eft fi peu de chofe, que cela n'en vaut pas la peine.

Mad. DE SAINT-YARD.

Vous croyez qu'il n'y aura rien de beau aujourd'hui ?

LE PRÉSIDENT.

Ah ! pardonnez-moi, quelques attelages, comme ceux que j'ai vu paffei de chez ma belle-fille, qui demeure fur le rempart.

LA BARONNE.

Vous en avez vu ?

LE PRÉSIDENT.

Oui, par exemple, celui de Madame de Guerville.

Mad. DE SAINT-YARD.

Il n'y a rien de fi commun !

LE PRÉSIDENT.

Au contraire, Madame ; ce font fix jolis chevaux, qui font d'un enfemble parfait !

Mad. DE SAINT-YARD.

Je ne croyois pas cela.

LE PRÉSIDENT.

Rien n'eft plus vrai. Enfuite une voiture traînée par fix chevaux magnifiques, bien enharnachés ; nous n'avons pas pu deviner à qui ils étoient.

Mad. DE SAINT-YARD.

Et qui étoit dans la voiture ?

LE PRÉSIDENT.

Attendez. Ah ! Madame de Mirvan, la Comteffe de Villepart, le Chevalier de Lanval & le Marquis de Pérancourt.

Mad. DE SAINT-YARD.

Pleuvoit-il dans ce moment-là ?

LE PRÉSIDENT.

Non, ils feront arrivés très-brillans.

LA BARONNE.

Et en avez-vous vu beaucoup d'autres?

LE PRÉSIDENT.

Sûrement; mais voilà ce qu'il y avoit de mieux. Nous avons toujours attendu pour voir paffer ce qu'on nous a dit qu'il y avoit de plus beau.

LA BARONNE.

Quoi donc?

LE PRÉSIDENT.

Madame de la Maltiere.

Mad. DE SAINT-YARD.

On vous a dit cela?

LE PRÉSIDENT.

Oui; il faut qu'elle ait paffé par la ville.

LA BARONNE.

Elle n'y eft pas allée.

LF PRÉSIDENT.

C'eſt grand dommage !

Mad. DE SAINT-YARD.

Nous le ſavons bien.

LE PRÉSIDENT.

Vous le ſavez.

Mad. DE SAINT-YARD.

Nous devions aller avec elle.

LE PRÉSIDENT.

Céla n'eſt pas poſſible ! Et qui vous en a em-
pêchés ?

LA BARONNE.

Sa ſœur, qui accouche à préſent, & qui la
retient par conſéquent auprès d'elle.

LE PRÉSIDENT.

Voilà une grande contrariété ! En vérité,
Meſdames, je vous plains, & beaucoup.

LA BARONNE.

Auſſi ſommes-nous très-fâchées !

LE

LE PRÉSIDENT.

C'eſt qu'il n'y a rien de ſi agréable que d'être dans une voiture traînée par des chevaux qui font l'admiration de tout le monde, n'importe à qui ils ſont.

Mad. DE SAINT-YARD.

Voilà ce que je regrette.

LE PRÉSIDENT.

Et vous avez bien raiſon.

Mad. DE SAINT-YARD.

Imaginez-vous que j'ai toujours attendu Madame de la Maltiere ici, juſqu'à ce moment.

LE PRÉSIDENT.

Cela eſt très-piquant !

LA BARONNE.

Et nous voilà à préſent à ne ſavoir que devenir.

LE PRÉSIDENT.

Aujourd'hui, il n'y a que Longchamps.

Mad. DE SAINT-YARD.

Et nous n'en verrons rien ſeulement !

Gg

LE PRÉSIDENT.

Allons, rien n'eft plus défefpérant, il faut en convenir !

Mad. DE SAINT-YARD.

Pour finir la journée comme tout le monde, nous irons au Concert.

LE PRÉSIDENT.

Eh bien ! je ne vous plains plus.

Mad. DE SAINT-YARD.

Non ?

LE PRÉSIDENT.

Il fera admirable ! Vous pouvez compter que tout Paris y fera.

LA BARONNE.

Vous le croyez ?

LE PRÉSIDENT.

J'en fuis fûr.

Mad. DE SAINT-YARD.

C'eft toujours une confolation.

LE PRÉSIDENT.

Mais, je ne vous ai point vue fur la lifte des Loges.

LA BARONNE.

Nous ne venons que d'y envoyer.

LE PRÉSIDENT.

Vous n'en aurez pas.

Mad. DE SAINT-YARD.

Que dites-vous donc ?

LE PRÉSIDENT.

J'ai paffé ce matin chez Mademoifelle Soubra ; il y avoit dix Loges de promifes, en cas qu'on en renvoyât.

Mad. DE SAINT-YARD.

Ah ! mais ; c'eft avoir, auffi, un malheur trop conftant !

LE PRÉSIDENT.

Je fuis bien fâché de vous avoir ôté votre dernière efpérance, je m'enfuis.

Mad. DE SAINT-YARD.

Préſident, vous verra-t'on ces Fêtes ?

LE PRÉSIDENT.

Non, Madame ; je vais à la Campagne.

SCÈNE IX.

Mᵐᵉ. DE SAINT-YARD, LEBLANC, LA BARONNE.

LEBLANC.

MADAME, il n'y a pas une Loge à louer.

LA BARONNE.

Nous le ſavons.

LEBLANC.

J'ai parlé aux Receveurs, qui m'ont dit. . .

Mad. DE SAINT-YARD.

En voilà aſſez. Eh bien, Madame, qu'allons-nous devenir ?

LA BARONNE.

Si vous m'en croyez, nous irons nous placer à l'entrée des Champs-Elifées ; il fera prefque nuit, on ne nous verra pas.

Mad. DE SAINT-YARD.

Et nous verrons paffer tout le monde ; cela eft imaginé à merveille !

LA BARONNE.

Enfuite nous irons, par le rempart, chez la fœur de Madame de la Maltière.

Mad. DE SAINT-YARD.

Lui en demander des nouvelles, & puis nous reviendrons fouper ici ; n'eft-ce pas ?

LA BARONNE.

Affurément ; je ne veux pas vous quitter.

Mad. DE SAINT-YARD.

Nous n'aurons perfonne.

LA BARONNE.

Cela ne me fait rien.

Mad. DE SAINT-YARD.

Pas feulement l'Abbé Dormant ; je crois que je fuis brouillée avec lui.

LA BARONNE.

Pourquoi donc cela ?

Mad. DE SAINT-YARD.

Je vous le conterai en chemin. Allons, partons.

SCÈNE DERNIÈRE.

MME. DE SAINT-YARD, LA BARONNE, M. DE SAINT-YARD.

LA BARONNE.

A H ! voilà Monfieur de Saint-Yard ?

M. DE SAINT-YARD.

Quoi, Mefdames, vous êtes déjà de retour ?

Mad. DE SAINT-YARD.

Oui, Monfieur ; nous n'avons pas voulu refter plus tard.

M. DE SAINT-YARD.

Cela eft très-bien fait à vous ; voilà qui eft on ne peut pas plus fenfé !

LA BARONNE.

Il y avoit beaucoup d'humidité dans l'air.

M. DE SAINT-YARD.

Vous voyez bien, Madame, que j'avois raifon de vous le dire tantôt.

Mad. DE SAINT-YARD.

Oh! vous êtes toujours d'une prévoyance admirable, vous!

M. DE SAINT-YARD.

Mais vous verrez que vous vous en trouverez bien; j'aurois pourtant été fâché de vous avoir empêchées d'aller à Longchamps; car tout ce qui y eft arrivé, a été réellement très-plaifant: Vous devez l'avoir trouvé comme tout le monde?

Mad. DE SAINT-YARD.

Sans contredit.

M. DE SAINT-YARD.

Pour moi, j'ai cru que j'étoufferois à force d'en rire, & quand j'y penfe encore..... Quoi donc, vous n'en auriez pas ri?

LA BARONNE.

Pardonnez moi.

M. DE SAINT-YARD.

L'aventure étoit unique! ou pour mieux dire, les aventures: avez-vous remarqué comme elles fe fuccédoient?

Mad. DE SAINT-YARD, *à la Baronne.*

Il m'impatiente !

M. DE SAINT-YARD.

Quoi ! vous n'avez pas trouvé tout cela du dernier ridicule ; cette voiture rouge & verte, ces wiskys versés l'un sur l'autre, sans qu'on pût arrêter les chevaux qui les menoient, & ces filles qui étoient embarrassées dans tout cela, & qui crioient.... Ah ! mon dieu, que j'en ai ri ! N'en avez-vous pas ri, vous, Madame la Baronne ?

LA BARONNE.

Ah ! beaucoup.

M. DE SAINT-YARD.

Tout cela m'a si fort occupé, que je n'ai pas vu passer la voiture où vous étiez : j'ai bien vu celle de Madame de Mirvan & celle de Madame de Villepart ; je n'ai jamais vu un attelage plus charmant !

Mad. DE SAINT-YARD.

On nous l'a dit.

M. DE SAINT-YARD.

Quoi, vous ne l'avez pas vu ?

Mad. DE SAINT-YARD.

Qu'eft-ce que je dis donc ? Nous l'avons sûre-ment vu cinq ou fix fois paffer & repaffer.

M. DE SAINT-YARD.

Et toutes les vraies voitures angloifes, comment les avez-vous trouvées ?

LA BARONNE.

Admirablement bien !

M. DE SAINT-YARD.

Je ne conçois pas où vous avez pu être.

Mad. DE SAINT-YARD.

Mais, par-tout.

M. DE SAINT-YARD.

J'y ai été par-tout. Eft-ce que vous auriez eu peur de la foule ?

Mad. DE SAINT-YARD.

Qu'est-ce que cela vous fait?

M. DE SAINT-YARD.

C'est qu'il est singulier... Ah! je comprends; vous n'avez pas voulu vous trop engager, afin de pouvoir revenir de bonne-heure.

Mad. DE SAINT-YARD.

C'est cela même.

M. DE SAINT-YARD.

C'est avoir un peu suivi mon conseil, & je vous en remercie.

Mad. DE SAINT-YARD.

Vous êtes prodigieusement honnête! mais que venez-vous faire ici à l'heure qu'il est?

M. DE SAINT-YARD.

J'y viens chercher un Roman nouveau, que j'ai promis à Madame de Guerville, parce qu'elle va revenir de Longchamps.

LA BARONNE.

Déjà?

M. DE SAINT-YARD.

Oui; elle ne veut pas manquer le Concert.

Mad. DE SAINT-YARD.

Elle ira?

M. DE SAINT-YARD.

Elle y eft peut-être déjà arrivée.

LA BARONNE.

Et, a-t'elle des places à donner?

M. DE SAINT-YARD.

Elle en avoit trois, qu'elle a données à des femmes qu'elle a rencontrées.

Mad. DE SAINT-YARD.

Si j'avois été avec elle, j'en aurois eu sûrement au moins une.

M. DE SAINT-YARD.

Et Madame la Baronne auffi, & vous auriez été toutes les deux fort aifes; parce que le Concert fera admirable aujourd'hui, à ce que m'a dit le Préfident.

Mad. DE SAINT-YARD.

Vous l'avez vu ?

M. DE SAINT-YARD.

Oui ; j'ai caufé un moment là-bas avec lui en
arrivant. Ah ! çà, partez-donc plutôt que plus tard
pour le Concert, vous ne fauriez arriver trop tôt.

Mad. DE SAINT-YARD.

Pardi, vous êtes un grand monftre !

M. DE SAINT-YARD.

Moi ?

Mad. DE SAINT-YARD.

Oui, vous.

M. DE SAINT-YARD.

Et à propos de quoi ?

Mad. DE SAINT-YARD.

Parce que vous favez tous nos malheurs.

M. DE SAINT-YARD.

Que vous eft-il donc arrivé ?

LA BARONNE.

Allons, Madame; ne l'écoutez pas, & partons.

M. DE SAINT-YARD.

Je veux favoir tout cela, fouperez-vous ici?

Mad. DE SAINT-YARD.

Sûrement.

M. DE SAINT-YARD.

Je reviendrai vous tenir compagnie.

Fin de la fixième & dernière Journée.

www.ingramcontent.com/pod-product-compliance
Lightning Source LLC
Chambersburg PA
CBHW070820260626

47161CB00006B/2346